KB139487

21세기시조동인 14집

연못과 오리와 연꽃

...

21세기시조동인 14집

고요아침

최근 초거대 AI언어 모델인 'Chat GPT'가 등장하여 새로운 혁명의 가능성을 보여주고 있습니다. AI가 어디까지 인간의 일을 대신할지 그 누구도 장담할 수 없게 되었습니다. 더욱이 인간 고유의 영역이라 여겼던 창작과 예술 작업까지 AI가 대신할 것이라는 기대와 우려가 공존하고 있는 이때, 우리는 시조를 쓰고 있습니다. 우리의 작업이 얼마나 오래 갈지는 알 수 없으나, 적어도 우리는 시조 쓰기로 우리의 존재론을 감당하고 있습니다.

언젠가, 아니 곧 AI가 시조를 쓰게 될 것입니다. 이제 우리는 AI와 경쟁하게 될 것입니다. AI의 시조가 인간의 시조와 어떻게 다른지, 왜 달라야 하는지 증명하고 설명해내야 할 것입니다. 문학은, 시조는 인간만 쓰는 것이다 혹은 인간만을 위한 것이다 라는 말은 조금씩 설득력을 잃어갈 것입니다.

인간과 비인간이 유기적으로 연결되어 있는 초연결시대에서 문학과 시조는 '과연' 어떻게 될까요. 두렵기만 합니다. 시대는 '생산성 극대화'를 반가워 하지만 그것이 전부가

아님을, 그것이 모든 문제를 해결해 주지는 않을 것임을 믿고 있는 우리의 시조 쓰기는, '과연' 얼마나 가치 있을까요.

그러나 우리는 진작부터 문학을 '쓸모 있음(유용성)'의 관점에서 보지 않았습니다. 문학은 그렇게 쓸모 없고 (자본의 관점에서) 가치 없습니다. 이 '쓸모 없음'과 '가치 없음'이 멈출줄 모르는 이 시대의 욕망과 속도를 멈추게 할 것입니다. 적어도 우리 각자의 삶에서 문학과 시조는 반성의 시간을 허락하고 사색하는 삶을 살게 합니다. 그게 우리 삶에서 전부이지만 동시에 그게 우리 삶에서 전체입니다.

우리는 그렇게 살아갈 것입니다. 미련하게 말입니다. 그리고 이렇게 미련한 사람들이 모여 동인지를 묶습니다. 이제 또 미련한 사람들이 이 동인지를 읽게 되겠죠. 그것도 나쁘진 않다고 생각합니다.

2023년 봄
21세기시조동인 일동

이송희

우기의 온도

그녀의 목소리는 한동안 젖어 있어

결말을 예상했던

각본 속
밑줄까지

문장의 속엣말들이

속수무책
출렁였어

황성진

구월

저 꽃잎 한 장이면 몇 평 추억 살 수 있을까
누군가 부를 것 같아 멈춰 서서 뒤돌아 보면
수줍은 속삭임 같이 가슴 자꾸 뛰노는 구월

이석구 _____

적寂

고사리 꺾는 노파가
팔베개로 잠드나 보다

오색딱따구리 한 쌍
구름을 마주하고

햇살과
낮달을 밀면서

끌어다가
덮습니다

미호종개

남보랏빛 달빛 아래
그녀와 밀회 이후

손에 일은 안 잡히고
마음결 둘 데가 없다

미호천
모래강변에다
새집 짓자고 할까 말까

노영임

이름이 뭐니?

땅 보면 땅나리
하늘 보면 하늘나리

하늘도 땅도 아닌 중간쯤이면 중나리 꽃

참, 쉽네
보이는 대로…

설명이 더 필요할까?

임채성

그림자

빛 앞에 나설수록 그늘만 더 자라난다

내 안에 똬리를 튼 짙은 우울 걷어내려

또다시 어둠에 든다
내가 나를 가둔다

스테들러STAEDTLER

봐라, 이만큼이다
손에 쥘 수 없을 때까지
당신을 쓰고, 쓸 것이다 그것은 애를 쓰는 것
마음도 몽땅해진 것 감탄사처럼 작아지는

봐라, 이만큼 남았다
영원히 쓸 수 있도록
행간에 누워 있는 당신을 밑줄 칠 것이다
언젠가 연필에 묻어난 밤들이 내 얼굴을 지우더라도

김보람

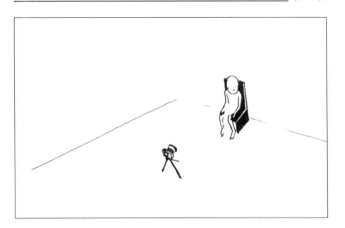

모놀로그

최초의 기억이 뭐야?
그것을 믿으면

한 페이지에 두 개의 시간이 생기는데,

미래의 입장에서 보면

오늘은
묶인 발

박성민 _____

내 이름은 빨강*

계곡에서 굶어 죽은
피아골 빨치산 같다
핏빛 더욱 선연한
가을날 흉터 자국
혀 깨문
입술도 아닌
못 삼킨
밥도 아닌

* 오르한 파묵의 소설 제목.

김영란

나무의 시

생각대로 산다는 건
쉽지만은 않았어요

머리와 가슴이
엇갈린 그 길 위로

바람이
기척할 때마다

휘청이는
당신과 나

21세기시조동인 14집 **연못과 오리와 연꽃**

이 송 희

2003년 조선일보 신춘문예 등단. 고산문학대상, 가람시조문학상 신인상 등 수상.
시집 『수많은 당신들 앞에 또 다른 당신이 되어』 외 4권, 평론집 『유목의 서사』 외
4권, 연구서 『현대시와 인지시학』, 그 외 저서 『눈물로 읽는 사서함』 등이 있음.
poetry2003@naver.com

이상기후 외 4편

액정 나간 핸드폰을 수리점에 맡긴 날

당신의 번호가 떠오르지 않아서

막연한 숫자 누르다
낯선 이름 불렀지

빈 화분 머물다 간 빛바랜 바람 소리

먼지 낀 창문들이 기억을 들춰내면

길 건너 풍경 하나가
지워지는 중이야

뼈마디 맞추느라 우린 오래 흔들렸지

죽은 듯 잠든 시계,

오늘은 몇 일인가

냄비엔 펄펄 끓다가
식어버린 혼잣말

배꼽의 둘레

내 울음의 뿌리가 어디인지 알았지

지하방은 좁고 깊어 무엇도 닿지 않아

그림 속 낡은 둘레가
깃발처럼 펄럭인다

색이 번진 표정은 도무지 알 수 없어

맨 먼저 닿은 단어를 빵 속에 섞는다

거울엔
조각난 내가
맞춰지는 중이야

중심이 된다는 건 외로운 일이지

왜 나는 흩어지면서 내면을 겉도는 걸까

모르는 울음의 거처를
내게 다시 묻는다

편집의 방식

떠도는 말을 모아 폴더에 담았지

연관된 검색어로 열과 줄을 맞춘 방

억지로 끼워 넣었던 웃음은 삭제했어

가식적인 인사로 가까워진 우리에겐

몇 차례 공유한 밤이 메모리에 가득했지

하늘은 눈치도 없이 초롱초롱 빛났어

쌓여가는 서류 틈에 납작해진 인사보고

적당히 어순을 바꿔 파일을 압축한 후

구겨진 표정 하나를 휴지통에 넣었어

거울을 표절하다

그녀의 목소리를 베끼기 시작했어
매끄러운 음절과 엇박자의 매력을
싱그런 웃음소리도 자연스럽게 섞었지
등 뒤의 배경이 아무래도 불안해서
지나가는 구름과 저녁놀을 깔아뒀어
흥겨운 배경음악에 오른손을 흔들었지
누가 온 것 같은데 흔적 없는 마음의 창
마스크로 가린 문장은 아무도 눈치 못 채
어디서 왔는지 모를 찬바람만 떠돌았지
내가 없는 표정과 출렁이는 분위기에
사람들이 끝없이 박수를 보냈지
이제야 거울 앞에서 네 얼굴의 나를 만나

삭제되다

밤새 썼던 문장들은 돌아오지 않는다

비어 있는 파일 속 숨겨둔 기록들은
누구도 찾을 수 없게 지워지고 말았지

우리가 나눴던 대화의 끝자락에
뚝 그친 울음과 멈춰 버린 미싱 소리

페달을 밟을 때마다 아이들은 쑥쑥 컸어

원고지 빈칸에는 침묵이 들어찼지

몇 마디 말만으로도 어색함 덜어낸 날
떨어진 나뭇잎들이 움푹 팬 길을 메운다

떠도는 자화상 외 1편

덧칠하면 할수록

또렷해지는
마음의 바닥

오래된 화석 같은

시간을 파내려 가면

누구도

만난 적 없는

눈동자를
보기도 해

그녀의 옆집

냄새부터 요란해
그녀의 저녁은

자르고 썰다가 부서진 두부 같아

바닥에 미끄러지는 소리가 들렸어

그녀의 목소리는 흐리고 또 흐렸어

바위로 눌러 둔 덮개가 흔들렸지

바닥이 다 깨졌을 거야
그녀의 겨울은

소리는 흩어지면서
쉽게 선을 넘었지

고요하고 거룩한 밤을 꼬박 지나서

막 사 온 두부를 들고
문 앞에서 기다렸어

21세기시조동인 14집 **연못과 오리와 연꽃**

황 성 진

충남 태안 출생. 2004년 조선일보 신춘문예 당선. 시집 『태배』, 수필집 『눈부신 혼란』.
sjhwkrrk@hanmail.net

소나기 외 4편

지상의 가장 뜨거운 곳에서 온 주문을
중개수수료도 없이 배달비도 없이

단숨에 소름 돋게 만드는
공공 배달앱

배달 특급

아버지

소도 잃고 벼도 잃고
더 이상 잃을 것 없어

술도 담배도 모두 끊어버린 연자방아

박물관 뒤뜰에 누워
적막이나 빨고 있다

입하立夏

1
자네
벌써 이순이 되었당가

백발은 또 웬일로 귀밑을 수놓았당가

어째서
반편이 같이

질러질러 왔당가

2
바바리
슈트-와이셔츠-넥타이

입고 채우는 일로 걸어온 저 외길 인생

아, 자네
이젠 그 허물

벗을 때쯤 되잖았당가

만추晚秋

붉은 저녁놀처럼 단풍잎이 쏟아졌다

그냥 시들어가는
민낯 뵈기 싫어서

십일월
배경 사진 속 그대가 빨갛다

감자를 심을 시간

개미처럼 열 지어 이동하는 장갑차 보고
애가 타는 듯 농부는 말했다

지금은 감자를 심을 시간,
전쟁은 끝나야 해

총탄에 긁힌 칠십 년 종아리에 박아 놓고
숨이 막히는 듯 아버지는 말했다

감자밭 다 묵히겠네,
남 일 같지 않구먼

희방사에서 외 1편

먼 신라 한 사내가 딸을 위해 시주했다는
저기 풍기 소백산자락 희방사에서
아내와 난 큰애를 위해 국수를 먹는다

호환·마마보다도 더 무섭다는 실연의 골이
이 깊은 산사 할미새 새집 속에 깃들고
우리는 절집 간장을 먹고 보살은 웃는다

무량하게도 받지 않는 국숫값을 대신하여
한 촉에 만원한다는 소원초에 불을 붙이고
극복은 성취함에 있다는 불심을 엿듣는다

세월은 어찌하여 석보 목판*을 두어
인적 먼 산사 보전 속에 감추었는지
애가 탄 가르침 끝에 풍경이 되어 운다.

* 월인석보(月印釋譜) 판목.

신두리에서

신두 사구 전망대에서
흩날리는 모래를 본다

씻기는 데 천년 시달려서 만년

그렇게 견뎌내야만
바르한*을 이룬다는데

오도 가도 못하고
갇힌 내 사랑아

격랑 끝에 건져 올린 파란만장 움켜쥐고서

바람도 물도 없이 또
얼마를 견뎌야 할까

* 초승달 모양의 사구.

21세기시조동인 14집 **연못과 오리와 연꽃**

이석구

충남 청양 출생. 2005년 동아일보 신춘문예 당선. 시집『커다란 잎』,『그늘의 초록을 만졌다』, 현대시조 100인선집『마량리 동백』.
estone9@hanmail.net

자화상 외 4편
— 엔디 워홀

당신 옆의 얼굴은
무심한 표정이네

눈, 코, 입을 하나로
통칠 것 같은 벽

아무나 뚫고 들어간
피사체도 진부하네

둥둥 물감 떠다니며 흐르는 그림자들
빛을 배경 삼으면 보이거나 보여주네

당신을 닮은 관상은
눈동자가 궁금해

대숲의 저녁

배경이 살아나면 휘어지는 잎사귀들
넘어지지 않으려 바람을 지탱한 건
초승달 궤적을 쫓아 날아오는 새 한 마리

먼 곳은 아니라도
담묵과 농묵을 바꿔

지사志士 같은 풍모로
쌓이던 폭설이라

스산한 바람이라도
불었으면 좋겠다

송하보월도 松下步月圖

먹물이 번질수록 바위는 절벽이다
노인의 뒤를 쫓아 집을 나온 동자童子가
산골짝 지나는 동안 오금 저린 길이다

소나무를 보아하니 바람이 몹시 불고
흔들려서 안 될 마음 흔들어야할 보폭
사나흘 호우주의보 비 그치길 기다리다

집으로 돌아오는 길만 길이 아니므로
새가 울고 가버린 구름의 뒤쪽에서
달빛을 헤아려보네 밟지 않은 그림자다

솔밭, 소수서원

그림자를 밟고 가면 숲으로 스며든 길
유림의 문장 같은 서가의 옥판선지玉板宣紙

필묵에 거문고를 매니
햇살처럼 팽팽하다

시월, 솔밭을 지나 서원 한 귀퉁이는
위 아래 골짜기는 경계가 아슬아슬해

섬돌 위 귀뚜라미만
제 목소릴 키운다

그 여자의 자두

― Y에게

무릎만 잘 보여도 앞치마를 들썩이며

자두나무 가지에서 자두를 따는 여자

새들이 와서 앉으면 한 입 물고 앉더라

빨갛게 터진 살집 볼에 가득 묻히면서

햇살을 비추면서 어디쯤 갈마드나

입술이 어찌나 단지 손가락을 물더라

고양이와 나비를 그리다 외 1편

고양이 한 마리가 꽃밭에 들어가네
패랭이 꽃잎들이 붉은빛 열흘인데

산제비 앉았다 가자
공 굴리며 나오네

꽃가루 비염처럼 거미줄에 걸려있는 햇살의 윤곽들을 잡
으면서 따라가니

바위는 칠월의 폭염
당신에게 앉았네

구례求禮 일기

아침부터 내리는 비 눅눅하게 젖으면서
여울의 물결처럼 덜컹거리는 차車지만

창 열고 밖을 내다보니
섬진강은 벚꽃이다

청바지를 들어 올린
바지랑대 높이만큼

네가 본 것 내가 본 것 지리산 능선으로
속눈썹 걸린 안개는 수묵화가 한 폭이고

바퀴에 달라붙은 진흙을 떼려 하니
튀어 오른 빗방울이 떨어질 줄을 몰라

가다가 멈춰선 김에
다시 봐도 꽃이다

21세기시조동인 14집 연못과 오리와 연꽃

조 성 문

전남 함평 출생. 2006년 조선일보 신춘문예 당선. 2007년 한국문화예술위원회 신진예술가 지원금 및 2013년 아르코 문학창작기금 받음. 2014년 중앙시조대상 신인상 수상. 시집 『점등 무렵』.
whtjdans@hanmail.net

이작도 감풀 외 4편

저지르는 일이지요, 그래 어쩜 나를 바쳐
귀띔의 말도 없이 배 밀고 이리 오나요
불그레 눈멀어 버린
서쪽 가녘 물드네요

감쪽같이 사라지지요, 간물때 나를 던져
뒤태 보이기 싫어 무에 그리 바삐 가나요
맘 트듯 물길 열리면
손 맞잡고 더 걸어요

숨 내뿜고 감추지요, 고래 같은 외딴 섬이
갈앉은 안개 사이로 잠기었다 드러내네요
만나고 헤지는 겹겹
모래톱에 또 새겨요

서대거나 박대거나

자꾸 두 눈 한쪽으로 쏠려서 그러한지
군입정질 보리누름
문전 박대당하고 마는
쉽사리 버림받는 게 이녁뿐이겠는가, 어디

자지리 못난이라 푸대접에 속 지를수록
보깨지 마 힘겹다고
고달프다 흔들리지 마
각진 밥, 컵밥 때우는 저 서대 박대 무리

평산이네 풍산개

벽치고 울 둘렀지, 방울땀 낑 흙 지고 와
백록담 천지 물 길어 앞마당 연못 넬까
다디단 봄바람 부는 볕도 좋은 집 한 채

이내 아직 덜 가신 겹겹산 사무쳐오고
꽃눈깨비 가뭇없는 가문비 숲길 사이로
귀향의 북행 열차에 몸 싣고 밤 설쳤지

평산이네 풍산댁이 남녘 들 울력꾼 만나
꿈결인지 바람결에 너나들이 얼싸안고
해뜰참 견공 예닐곱 북새 노는 눈부신 날

푸른바다거북 비누

거품 일다 골똘하네 세면대 거북이 비누

등딱지에 새겨 넣은 갑골문자 막 풀어지고

자기를 연신 덜어내는 이 여름날 밤낮 없네

씻기고 미끄러져 그 누구에게 녹아들고파

닳고 닳아 여위어서 제 몸피 부풀리고파

야청빛 깊은 바다 향 천리만리 들여놓네

감곡 황도

#1

양수기 한껏 돌리는 동방삭 복사나무
무릉의 꽃 흩날린다 어둥둥 떠내려간다
친정집 친견이나 갈까 이리도 환한 봄날

#2

민낯의 낯가림이다 수줍어 노란 봉지 싼
주름 무늬 깊게 새긴 씨앗 같은 속앓이도
어머니 물감 색 풀어 위 중즐가 써낸다

#3

요양병실 창턱에 턱을 괴는 황도통조림
다디단 입맛 밥맛 이제는 다 물려놓고
감곡댁 틀니 들쑤신 만년 볕살 따갑다

처녀비행, 큰뒷부리도요새의 외 1편

눈 아래 뭍 나이로 겨우 만 다섯 달
열하루 동안 내내 날갯짓 쉬지 않고
속 비워 더 가벼워진
알래스카발 뉴질랜드행

시속 60km 바람 가른 13,570km 종단자
길라잡이 별을 좇아 점묘법 찍고 오는
하굿둑 도요새 무리
부리 또 딱딱해진다

카타르 월드컵 관전하기

만나기 좀체 어려운 카타르 카타르인

공항에서 호텔까지 택시기사는 케냐인, 호텔에서 짐 옮겨 준 벨보이는 스리랑카인, 낙타 태워 준 수단인, 커피 타는 파키스탄인, 중식당 서빙은 인도인, 사막투어 안내는 남예멘인… 한낮에 그늘 밖에서 일하는 열사의 땅

카타르 낯선 모국어 한국에서도 잘 들린다

21세기시조동인 14집 **연못과 오리와 연꽃**

노영임

2007년 조선일보 신춘문예 당선. 제1회 현대 충청 신진예술인 선정. 한국시
조시인협회 신인상, 충북여성문학상 수상. 시집『여자의 서랍』,『한 번쯤, 한
번쯤은』.
no9102@hanmail.net

눈물의 출처 외 4편

눈이 오다
비가 오다
'오다'라고 말한다
'오다'의 대립어는 '가다'가 분명한데
눈, 비가 간다라는 말 들어 본 적 있어?

왔는데 가지 않고 감쪽같이 사라졌다면
어디로 흘러든 거지? 행방이 묘연한걸
어쩌면
우리 몸속에 스며든 건 아닐까?

산간지역 빗물 받아 쟁여두고 가뭄 때 쓰듯
누구는 목메지 않게 굳은 빵 적셔 먹거나
슬픈 날
눈물로 핑 돌아 연신 훔쳐내지 않을까?

밥은 먹고 다니냐?

밥심에 사는 거
때 거르지 말고 알것냐.

어쩌다 전화 걸면 늘 똑같은 당신 말씀

밥이란
말만큼이나
뭉클한 것이 또 있을까?

딱, 보면 알죠

발이 없나, 손이 없나, 뭣 하는 짓거리랴.

돼지고기 한 근이면 온 식구 실컷 먹잖아. 외식은 뭔 외식
이랴? 구시렁 구시렁대면서도 불판 위 삼겹살 서로 먼저 채
갈까. 새부리 같은 젓가락으로 냉큼냉큼 짚어가 눈 부릅뜨
고 크게 한 입 욱여넣다 말고 어, 저건 뭐랴?

저 맞은편 테이블 빨간 립스틱 여자. "자기, 아~" 찰진 콧
소리 쌈장처럼 척, 바른 여자. 사내 입에 상추쌈 쏙, 넣어주
는 여자. 하마처럼 입 쩍 벌려 잘도 받아먹는 남자. 째깍째
깍! 손뼉 치며 좋아라 아양 떠는 여자.

나 원 참, 눈꼴사나워 차마 못 봐주겠네.

어이, 사장님! 여기요. 숯불이 영 시원찮네요.
숯덩이 뒤적이던 사장 한 마디 툭 던진다.
두 분은
부부시지요?
어머, 어찌 아셨어요?

약간 열려 있는 문

내 방문은
언제나 약간은 열려 있다

지나는 누구라도
삐끔,
들여다보곤

뭐해요?
말 걸 수 있게

마음도 이쯤만 열어둘까?

똑, 부러지는 여자

안돼요!
절대로
콕 · 콕 · 콕 · 방점 찍어
하이힐 뾰족한 뒷굽 또각또각 울리듯
한치의 에누리 없이 똑, 부러지는 여자

나도 젊어 한때는 똑, 부러진 여자였을까?
부러질라
나이 드니 그런 여자가 무섭다

괜찮아~
슬쩍 눙치듯
휘어졌다 펴지면 좀 좋아

나는 수포자數抛者다 외 1편

아차!
또 왜 그랬을까?
실수, 실수의 연속인걸

인생을 안다는 건
역시나 무리수야

어차피
계산 같은 것
해봤자 뭔 소용이랴

불편한 초대

툭하면 카톡! 카톡!
24시간 호출하는
창살 없는 감옥에서 벗어날 수만 있다면…
진정한 자유를 향한 위대한 탈출 시도

혼자 잘났냐?
총알처럼 비난 쏟아질 게 뻔하고
뗏목 하나로 표류하는 외톨이 신세로
오히려 이 감옥 안이 더 안전할지 모르지만

숏, 감쪽같이 빠져나와 자유다! 외치려는 찰나
○○님이 대화방으로 초대했습니다. **카톡!**
제발 좀
내 맘대로 살게
가만 놔두라고요!

21세기시조동인 14집 연못과 오리와 연꽃

임채성

경남 남해 출생. 2008년 서울신문 신춘문예 당선. 시집『세렝게티를 꿈꾸며』,
『왼바라기』,『야생의 족보』, 현대시조 100인선집『지 에이 피』.
awriter@naver.com

섬 외 4편
— 안바다 난바다 1

섬은 늘 혼자였다
탁 트여서 막힌 바다

염장된 그리움이 소금꽃을 피워 물면
물속의 제 그림자는 머리를 흔들었다

나는 늘 섬이었다
뭍에 올라 갇힌 날들

갈매기 무리들이 짓떠들다 돌아서면
시퍼런 파도소리가 귓바퀴에 여울졌다

한 몸이 될 수 없는
너와 나는 벽이었나

수평선에 걸려있는 불덩이만 바라보다
다비를 치러낸 섬이 물마루에 잠긴다

침묵의 봄

새들의 노랫소리 이제는 들을 수 없다는
레이첼 카슨이 쓴 '침묵의 봄' 읽다 말고
한때는 차고 넘쳤을 빈 벌통을 생각한다

꽃은 피어 흐드러져 산과 들을 물들여도
겨우내 사라져버린 꿀벌의 날갯짓소리
살처분 소문을 캐는 매스컴이 요란하다

꽃들은 꿀과 향기 더 이상 만들지 않고
빨강 노랑 화장술로 청맹과니 유혹할 때
카메라 셔터 소리가 봄을 다시 봉인한다

무채색 벌통에 묶여 하루를 저당 잡힌
벌치기꾼 얼굴 가득 드리우는 장마 구름
일찍 온 여름 앞에서 후드득 꽃이 진다

만약에

혜성이나 운석 충돌로 종말이 다가오면
최후의 만찬을 위해 월세방 보증금을 빼
최고층 스카이라운지로 한달음에 가겠네

내 돈 아닌 내 돈으로 허리띠 졸라매던
내 집 아닌 내 집살이 주인에게 던져버리고
랍스터 킹크랩으로 주린 배를 채우겠네

그래도 일 분쯤의 시간이 더 남는다면
이승에선 틀렸으니 다음 생에 만나자는
아껴 둔 문자메시지 그녀에게 날리겠네

천지창조 그날처럼 번갯불이 번쩍하며
하늘과 땅 물들이는 황홀한 불꽃놀이
마지막 순간에서야 내 삶은 찬란하겠네

행성 운항의 법칙

수억 년을 맴돌아도
닿을 수 없는 별이 있네

다가서면 밀어내고 멀어지면 끌어당기는

가공할 공전의 법칙
벗지 못할 천형이라니

자리를 바꿔 봐도
발버둥 몸부림쳐도

가깝지도 멀지도 않은 딱 그만큼 거리에서

당신은 꿈쩍도 않고
난 궤도에 갇혀 있고

별똥별 주식회사

1+2=3 4-5≠6 7×8≥9 10÷√2
①②③ ● ⒶⒷ ● Ⓓ ㉮ ● ㉯㉰ ● ㄴㄷㄹ

쉼 없이 목을 조이는
보이지 않는 손들

[0→100]⊂[100→0] ♣♥♦♠ 112(9)
AD2022㉾ ♂+♂=100℉ f(x+y)=f(x-y)

찍다 만 금박청첩장에
하루살이 알을 슬고

[2×3.14]×6,378≒4×10^4 : 79×10^8?
▼365(−36.5℃) E=MC^2 $€¥‰₩

공복에 불 꺼진 꿈이
광속으로 떨어진다

하루를 셈하다 외 1편

영하의 추위에도 얼지 않는 날이 있다
일에 일을 더하면 일이 되는 노동의 시간
이마에 흐르는 땀이 눈 속으로 흐른다

삼시세끼 못 챙기면 연애도 사치라는
사장님 퇴근사가 발목을 또 붙잡을 때
오래된 야근의 관성, 멀어지는 사랑아

육두품 금수저로 활개치는 꿈만 꾸다
칠성판 별자리가 CCTV에 찍힌 저녁
팔다리 근육통만 키운 인턴십이 저문다

구름 낀 하늘 너머 아침은 다시 올까
십장생 신화처럼 이에 저에 출몰하는
백수의 열정페이가 경제대국 끌고 간다

신의 몰락

잉카인의 축제에는
콘도르가 초대되지요

안데스의 주인이 된 하늘의 신 모시려고 깎아지른 협곡
언덕에 고깃덩이를 놓아두면 눈치 보던 콘도르가 날개를
잠시 접고 인간이 바친 고기 욕심껏 포식하죠, 어느새 배는
불러 몸은 무거워지고 뒤뚱해진 걸음걸이 나른해진 포만감
에 사냥꾼이 다가와도 날아갈 수 없게 되죠

눈빛이 흐려지는 순간
신도 그만 추락하고 말지요

21세기시조동인 14집 **연못과 오리와 연꽃**

김 남 규

충남 천안 출생. 2008년 조선일보 신춘문예 당선. 한국문화예술위원회 유망작가 선정. 가람시조문학상 신인상, 김상옥백자예술상 신인상 외 수상. 시집『나의 소년에게』외, 현대시조입문서『오늘부터 쓰시조』, 시조평론집『리듬은 존재 저편으로』의 발간.

knk1231@naver.com

나의 소년에게 외 4편

소년을
살해한 그는
소년만
찾는 소녀 만났고
소녀를
달래지 못해
세계를
펴 보였다
여기는
우리만
노래하는 곳
행과 연은
우리 것
*
마음을
파묘해본다
계속 질문하면

신께 갈 것이다
얼굴을 다
쏟아낼 때까지
마음 없이 운다
소년처럼 운다
울 때만
소녀가 왔다 갔다
그렇게 어른이
되었다

만드는 꽃

기침이 멈추지 않아
듣기만 했는데도
밤을 채, 쓰지 못했어
불행만 나눠가졌지
계절은
꽃받침처럼
우리를
감싸고
*

조각조각 흩어진 꽃
사람과 사람 두 송이 꽃
어디에 둘 수 없는 꽃
완성해야 꽃이 되는 꽃
영원히
만들지 않을 거야
기쁨의 끝을
미룰 거야

지금 우리가 할 일

온갖이라는 말처럼 새 그릇을 알아볼게
백 년 동안 함께 할 식탁
원래 꿈은 낮에 하는 것
수없이
볼bowl에 담겼던 계절
컵에 묻은
저녁까지

최대한 부수지 않고 레고를 치워볼게
아빠엄마를 연기하고
비밀 만드는 아이 같이
당신과
밤새 그림 그릴 거야
세상 모든
말까지

대성당들의 시대 Le temps des cathédrales

무수한 비밀들이 낙엽으로 뒹군다네
어둠은 말을 타고
은신처로 향하고
당신은
감출 수 없이
반짝이는 아낭케ANATKH

골목은 골목으로 눈물을 가둔다네
오 나의 당신은Notre-Dame
멈춘 듯 피어있는 꽃
춤추자
영원의 끝까지
죽음과 손잡고

파멸은 꼽추처럼 일그러져 온다네
결말을 필사하는 센강
밤의 종탑도 흔들리고

첨탑에
매달린 문장은
지상에 곧, 올 것이네

아가Song of Songs

네 뺨은 석류 같고 두 유방은 어린 사슴 같아
네 혀 밑의
젖과 꿀은
영원히
내 것이니
세상의
모든 형形과 율律을 없애고
밤의 침상으로 우리는

네 숨결은 사과향 같고 두 유방은 포도송이 같아
어서 일어나
문 열어다오
밤이슬
가득한 내 머리
운명이
눈동자처럼 감시해도
천 개의 체위로 버틸 테니

기쁨의 노래* 외 1편

따뜻하고 작으며 빛나며 불어오는
봄에만 부르는 노래 뒤늦게 깨닫는 것
가슴에
피어난 꽃들처럼
하늘 높이
향하는

하나뿐인 빛깔인데 다채롭게 눈부시며
아이들 재잘거림이 더 멀리 퍼져가기를
기쁨은
달과 별이라서
우주의
황홀함

* ChatGPT와 함께 썼다.

슬픔의 노래*

밤에 잠긴 어둠의 시간 손끝에 흘러내리고
눈물이 다하면
눈물이 다 한다면
슬픔은
나를 품에 안고
귓가에 노래할
것이다

흰 종이에 마른 펜이 따라가는 길처럼
눈물은 어쩔 수 없이
당신을 향할 것이나
슬픔이
흘린 눈물은
꽃을 물들일
것이다

* ChatGPT와 함께 썼다.

21세기시조동인 14집 연못과 오리와 연꽃

김보람

경북 김천 출생. 2008년 중앙신인문학상 당선. 2016년 한국문화예술위원회
유망작가 선정. 한국시조시인협회 신인상 수상. 시집 『모든 날의 이튿날』,
『괜히 그린 얼굴』, 『이를테면 모르는 사람』, 연구서 『현대시조와 리듬』.
polaris6131@hanmail.net

슈필라움 외 4편

따라와, 죽고 죽어도, 다시금, 사는 공간

투둑투둑 천장을 때리는 빗줄기, 한없이 길어진 팔이 식물 돌보듯 나를 본다

수축하다 팽창하는 방
밤이면 아름다워지는 혼자

불가능과 불가해의 질문을 더듬는 손길

침수와 잠수의 칸타빌레
반복 그리고
변주

희미하고 막막한 것을 멈추게 할 수 없다

그것이 은유라고 말하지 않았다

뭉툭한

연필 깎으며 히죽히죽 웃는 여자

얼음 강을 건너는 심경

초조가 진화하면 얼음이 됩니다

표백된 감정이
강 위로 쌓이는 날

약속을
잊은 약속처럼
잃은 사람의 이름처럼

겨울을 이해할 때까지 얼음은 두꺼워집니다

차가움은 모호하고
깨끗함은 위험하니

안에도 바깥이 생겨 비대해진 슬픔

내용 없는 바람이 맥락을 끊습니다

눈은 계속 날리고
발자국은 차오르고

누구도 편애할 수 없는 냉실 속에 있습니다

덧붙임
— 끝나지 않을 이야기

기어이 안개를 만들어내는 인공호수

눈에서 태어난 것은 간절하고 아름답다

엎드려 주저앉힌 미래와
기지개 켜는 몽상가

이따금 문장부호 없는 도시에 도착했다

산 사람과 죽은 사람이 반씩 섞여 걷는 거리

장과 절, 페이지로는
옮길 수 없는 행간이 있다

밤새 깨어 있거나 깨지 않는 꿈을 꾸거나

목격자 없는 계절은 결별하기 좋은 각주

이 책은 모든 것의 처음

오늘치의 안부

여기 없는 사람

내일의 잠을 내가 훔쳐잘 수 있다면

기다리는 사람의 이야기가 필요해

마음을 공글리는 사람
공들이는 사람

*

막다른 장면은 이미 뒷모습이었다

기억하는 잘못과
기억하지 못하는 잘못

있잖아
안녕하고 싶어서, 안녕

답이 없었다

덤불, 숲

덤불은 벙글어지는 꽃을 회복한다

넌지시와 그윽함으로 말아올린 불면

담장의 예언서에는
추락의 포즈가 없다

비비 비, 비가 온다 뿌리를 박는다

피울 줄 아는 식물의 희망은 슬프거든

바람의 독법을 빌려
어떤 잎이 오고 있다

선을 긋고 울었다 외 1편

빈방의 시야는
순간적으로 확장된다

슬픔 옆의 가장자리
웅크린 어깨선

창밖에 맺힌 것들은
맥락을
끊는다

희망을 믿어?
투명하고 시끄러운 숨

표정 없는 얼굴이
회색에 가까워진다

어긋난 우리의 룰에는

버튼이
없었다

노 시그널

어둠의 덫에 걸린 밀림의 추적자

확 타올랐던 불길 위로
폭우가 쏟아졌죠

이것은
음모의 시작
일탈의 궤도예요

잠든 채널 깊숙이 부유하는 나의 자리

가두려는 마음이
숨소리를 죽였어요

다음을
궁리하지 않으면
나아갈 수 없는 곳

21세기시조동인 14집 **연못과 오리와 연꽃**

박성민

목포 출생. 2009년 서울신문 신춘문예 당선. 2011년 한국문화예술위원회 문예창작기금 및 2015년과 2020년 서울문화재단 문예창작기금 수혜. 2013년 가람시조문학 신인상, 2014년 오늘의시조시인상 수상. 시집『쌍봉낙타의 꿈』,『숲을 金으로 읽다』,『어쩌자고 그대는 먼 곳에 떠있는가』. naminam7@hanmail.net

뜨물 외 4편

쌀점 같은
눈 내린다
찬물에 손 담그면
눈빛마저 잊히는
혼잣말에 문득 울컥,

베개에
얼굴을 묻고
들썩이는 이 저녁

가라앉은 너의 이름
건져내는 시간이면
목숨 같은 그리움만
멀겋게 떠내려가

이렇게
쌀 씻는 소리로
저무는 겨울밤

일 포스티노*

거품 문 메타포는 종일 앓는 소리 내다
방파제를 넘어오며 흩어진 눈물 가닥
네루다, 당신과 듣는 파도의 거친 음보

한량처럼 빈 주머니 더듬는 모래사장
잉크보다 피에 가까운 달이 뜬다, 시퍼렇게
날마다 꽃잎을 뜯어 향기 벗는 해당화

* 시인 네루다와 집배원 마리오의 우정을 다룬 영화.

마우스피스

뜰채에 끌려 나온
한 마리 활어처럼

떨면서 동굴을 나선
수십만 년 전부터

사냥감 앞에만 서면
어금니를 깨물었지

입술과 잇몸 사이
맞물린 비명들은

피 냄새 흐르는
오래된 노래였지

턱수염 까칠한 들판
통통 부어 무너진 놀

침팬지는 두려울수록
이빨 보이며 웃는다는데

당신의 목소리엔
침이 반쯤 섞여 있어

뱉어낸 마우스피스
가쁜 숨이 떨고 있다

달고나

사내는 늘 학교 앞에 연탄불을 피웠지
설탕에 소다 넣고 국자를 휘저으면
뜨겁게 달궈진 달의
분화구도 부풀어

찍어낸 새들이 계단에 모여앉아
두근두근 옷핀으로 떼어내던 하현달
때 절은 좌판 위에는
비행기도 날았지

웃자란 꿈들이 기웃대는 문방구 옆
누르다만 모양틀은 어디로 갔을까
침 묻은 별과 달들은
어디로 갔을까

망望

구름의 왕조를
반역한 역린이다

망나니가 능선에서
긴 칼을 꺼내는 밤

툭 하고
떨어진 목이
창백하게
뒹군다

울먹이라는 먹은 외 1편

번지지 않는다
차오르는 물소리

빛이 들지 않는
갱도 속에 갇혀서

기억이 웅크린 어깨
늘 축축한 눈썹들

바깥을 버리자
안쪽이 환해진다

절벽 끝 난초가
향기를 풀어놓고

그림 속 새들이
한 획씩 날아간다

모여든 빗방울들
유리창에 맺히면

살 냄새 비릿하다
오목하게 팬 가슴

창밖은 밤새 빗소리
모처럼 심어진다

병원

노인은 병원에서 창밖을 내다본다
등이 가려울 때 땅거미는 내려오고
들끓는 저녁놀 속엔
피가 아직 살고 있다

어긋난 뼈처럼 삶은 자주 삐걱이고
블라인드 사이로 빛은 또 여며지지만
손 뻗어 더듬거리면
이파리가 돋아난다

실뭉치가 구르면서 스웨터를 짜고 있다
대바늘이 움직이면 털실은 줄어든다
어둠이 귓속말하듯
방 안으로 스며든다

21
세
기
시
조
동
인

14
집

연못과 오리와 연꽃

김 영 란

제주 출생. 2011년 조선일보 신춘문예 당선. 오늘의시조시인상, 가람시조문
학상 신인상 수상. 시집 『꽃들의 수사』, 『몸 파는 여자』, 『누군가 나를 열고 들
여다볼 것 같은』.
puppy6571@hanmail.net

동백 졌다 하지 마라 외 4편

탄압이면 항쟁이다

마지막 저항 같은,

동포의 학살을 거부한다

운명의 뿌리 같은,

핏줄이 핏줄에게 보낸

무언의 당부 같은,

성산포의 달

물때 따라 육지 길이
열렸다 닫히면
슬픈 언약처럼
달이 떠오르죠
터진목*
모래 언덕에
순비기꽃 피어나죠

이생의 종착지에
흩어지는 비명 하나
울음이 울음 물고
속절없이 떠돌죠
달빛이
파도에 젖어
흐느끼는
성산포

* 4 · 3때 제주도 성산읍 주민들이 군인 경찰에 끌려와 무참히 학살된 곳.

임피역에서

작별의 문장들이
구름처럼 떠다녔어
잎 하나 남지 않은
오래된 은행나무에
간신히 까치집 하나
남아있는 간이역

아무리 기다려도
기차는 오지 않았어
피눈물 얼룩지던
옥구*의 그 함성이
녹 슬은 철길을 따라
달려오고 있었지

* 일제강점기 일본 지주에 대항해 항일항쟁을 했던 군산의 지역 이름.

사과가 익을 때까지

첫 비행기로 찾아온 널 오래 두고 보았지

봄볕에 빛나던 향그러운 꽃잎들이 어느 새 독이 되어 퍼
져 버린 것일까 상식의 목록들이 하나둘 흘러내렸지 근육
을 키워주고 체온을 지켜주고 지방을 분해하는 전지전능한
효력을 위해 비닐로 신문지로 꽁꽁 싸서 기다렸을까 명색
이 장미목 장미과라 우겨대며 콧대 좀 높이고 싶었던 것일
까 사과를 줬다는데 누구에게 준 것일까 큰소리로 줬다는
데 받은 사람 하나 없다

당신의 하나님에게 물어보라 해야 할까

해가 지는 방식

종달리에 수국 피면 섬에도 여름이 와요

장마가 오기 전에 제발 한 번 다녀가라 퉁퉁 부은 눈으로 부러 웃음 짓다가 철 지난 사랑 앞에 무슨 말을 더 할까 밤사이 끙끙 앓다 충혈된 달 한 조각, 그 섬의 끝자락 그 오름에 매달린 말 종달종달 봄의 기억 종알종알 흐를 것 같은 한 번도 사랑에 울어본 적 없을까 마지막이란 그 말은 그리도 쉬웠을까 갓 지난 여름이 다시 오지 않아도 수국은 피어나고 파도는 다녀간다 꽃잎에 숨어서 당신을 기다린다고 하루에도 몇 번 씩 마음이 변하던 너, 마음을 알 수 없는 시간 저 너머에

종달리 수평선 가득 수국꽃이 피었지요

갯메꽃의 기억 외 1편

밭에서 김을 매다
물 때 맞춰 바다로 갔다

물숨에 지친 통증
뇌선으로 버티며

기면서 살았다 했지
조간대 그 갯메꽃

슬픔이 껴입은
춥고 매운 가난처럼

하루 두 번 볼 수 있는
허용치의 하늘처럼

어머니 숨비소리가
처량하게 피어 있다

게메마심*

섬에선 나무들도 바람의 눈치를 본다

머리채 잡혀 끌려가던 북촌마을 머귀나무도

"예"인지 "아니오"인지 끝내 답을 못 했나

직립을 포기하고 엉거주춤 서 있는 거 봐

무자년 섬사람들의 생존의 그 화법처럼

쉽사리 꺼내지 못한 채 맴돌고만 있었지

* '글쎄요'의 제주말.

21세기시조동인 14집

...

동인들이 뽑은 동인 작품상

* 2022년에 발표한 동인들 작품 중에 가장 뛰어나다고
생각되는 작품을 동인 전체 투표로 선정하였습니다.

연못과 오리와 연꽃

이석구

햇살이 부드럽게 스치기만 하던 건
진흙은 바뀌어도 연꽃이 그대론 건

공중을 서서히 닫는
늦은 오후의 수면水面

물방울 구멍 뚫린 납작납작한 잎들
당신 가슴 내가 안고 구름 되어 번진 잎들

물오리 송사리 떼를
몰고 다닌 웅덩이

물밑 바닥 꽂꽂 박힌 줄기의 뿌리들이
사이사이 뒤집으며 백팔 번 핀 꽃잎들이

바람을 이기지 못한
저 무게가 휘청한다

이송희

_생명은 바람에 흔들려야 성숙해진다는 것을 따뜻한 시선과 이미지로 그려내고 있다. 힘겹지 않고 혹독하지 않은 삶은 없다. 그러나 너무 고지식하게 세파를 이겨내려고 하면 꺾이고 마는 것이 우리네 삶이다. 시인은 연못에 핀 연꽃을 통해 우리 삶에는 외유내강의 기상이 필요함을 보여주는 듯하다.

황성진

_어떤 학자는, '외부성'이란 '경제 주체의 행위가 자신과 거래하지 않는 제3자에게 의도하지 않게 이익이나 손해를 주는 것'을 의미한다고 주장한다. 그 예로 과수원의 과일 생산이 인접한 양봉업자에게 벌꿀 생산과 관련한 이익을 주는 것, 공장의 제품 생산이 강물을 오염시켜 주민들에게 피해를 주는 것 등을 들었다.

작품 속 오리의 행위는 연못과 연꽃이라는 제3자에게 의도하지 않는 영향을 미친다. 관점에 따라 그것은 이익일 수도 손해일 수도 있다. 바람과 햇살의 영향으로 수면 위의 연잎은 물방울을 안고 살아가고 있으며, 천만번 꽃잎을 피워대기도 하는 것이다. 시인은 우리가 살아가는 과정에서 겪는 고요라는 외부성의 무게를 늦은 오후의 수면을 통해 제시하고 있다. 그것을 통해 얻는 이익이나 손해는 독자의 몫이다.

조성문

_조용한 가운데 어떠한 움직임이 있는 정중동의 흐름을 잘 그려낸 가편이다. 초·중장에서 명사와 조사의 반복이 먼저 관심을 이끈다. 연못을 '하던 건'과 '그대론 건'으로, 오리가 헤엄치는 웅덩이에 '납작납작한 잎들'과 '번진 잎들'로, 연꽃을 '줄기의 뿌리들이'와 '백팔번 핀 꽃잎들이'로 두고 있다. 이 반복은 종장에서 '늦은 오후의 수면'과 물오리가 '몰고 다닌 웅덩이' 그리고 '무게가 휘청한다'로 안착해서 이미지리의 힘이 실린다. 눈여겨볼수록 이 힘은 넘쳐난다. 읽는 이의 마음 곳간에 욕심껏 쌓게 한다.

노영임

_이 시를 읽으며 이 시가 왜 좋은지? 왜 잘 쓴 시인가? 분석하며 좋은 점을 가시처럼 발라낼 필요가 있을까 싶다. 모닥불 피워놓고 '불멍'하듯, 창밖을 하염없이 바라보며 '창멍'하듯 나는 늦은 오후 무렵

오리가 있고, 연꽃이 피어있는 연못을 지그시 바라보고 있을 뿐이다. 저만치에서 나처럼 또 누군가 바라보고 있는 한 사내가 있었다. 그가 바로 이 시를 쓴 시인이다.

임채성

_사물의 본질을 꿰뚫어 보고, 대상의 본래 형질과 현상 사이의 관계를 규명하려는 시적 태도는 읽는 이로 하여금 잔잔한 감성의 파동을 일게 한다. 시인의 눈길이 머무는 곳에서 일어나는 '정중동'의 즉물적 현상은, 이를 허투루 지나치지 않는 치밀함과 따뜻한 관조를 통해 적확하면서도 절제된 감성의 언어로 빚어지고 있기 때문이다. 이러한 노력은 독자들에게 신비로움의 충동을 안겨주기에 부족함이 없다.

김남규

_시인의 육성으로, 노래를 듣는 것 같다. 공중을 서서히 닫는 늦은 오후에 들어야 할 것 같다. 보아야할 것 같다. 납작납작한 잎들이, 당신 가슴 내가 안고 구름 되어 번진 잎들이 눈앞에 보이는 듯하다. 웅덩이는 얼마나 넓고 깊으며 뿌리들과 꽃잎들은 또 얼마나 무거운가. 백팔 번 핀 삶은, 생명은 언제나 휘청거린다. 마음에 든다 이 시.

김보람

_지극히 짧은 순간의 이미지가 또 다른 이미지를 불러 모은다. 시간의 파편을 포착하는 이석구 시인의 시는 시적 공간의 밀도를 고조시킨다. 가령 "햇살", "수면", "물방울", "구름", "웅덩이", "바람", "꽃잎"과 같은 찰나의 이미지는 계속해서 현재의 시간 속에 놓인다. 그에게 생성하는 이미지는 지속적으로 익숙함 너머의 낯섦을 꿈꾼다. 이미지의 운동성을 증폭시키는 동시에 "줄기의 뿌리"를 팽팽하게 잡아당긴다. 그러나 그가 일순간에 담아놓은 시적 이미지, 그 깊이의 함량은 결코 가볍지 않다.

박성민

_일견 풍경만을 보여 주는 시로 느껴지지만, 읽어볼수록 양파껍질처럼 숨겨진 이야기들과 내장된 슬픔이 느껴집니다. 1수의 초장에서 마치 독백인 듯 독자에게 던지는 질문은 불교적 사유 속에서 더욱 깊어집니다. 늦은 오후의 연못, 진흙 속에서 피어난 연꽃 사이를 유유히 떠다니는 오리는 선승과도 같습니다. 그러기에 "백팔 번 핀 꽃잎들이"는 제게 "백팔 번뇌로 핀 꽃잎들이"로 읽힙니다. "공중을 서서히 닫는 늦은 오후의 수면(水面)"은 표현의 묘미가 살아있습니다. 오리가 지나가면 흔들리다가 이내 자신의 얼굴을 다림질해 놓고 어둠이 내리면 유리창처럼 비추던 모든 자연물로부터 커튼을 내리겠지요. 연꽃은 피어서 자신이 뿌리내린 진흙들을 가리지만, 우

리 인간들은 자신과 타인의 무엇을 가릴 수 있을까요. 시인이 던진 질문에 고개를 숙이는 순간 이 시는 또 다른 수면(水面), 그 물결로 우리에게 다시 읽힙니다.

김영란

_시와 시인이 닮았다. 시인을 알아서라기 보다 시에 시인이 고스란히 묻어난다. 자간과 행간에서 읽히는 시인의 마음결이 또 한 폭의 그림으로 가슴에 와 안긴다. 인생을 관조하듯 연못과 물오리와 연꽃을 바라보는 지긋한 눈빛의 시인이 편안함과 평화로움을 독자들에게 전달해준다. 과장함도 없이 더도 덜도 아닌 자신의 모습 그대로 자연과 합일을 이루어낼 것만 같은, 그래서 더 오묘하고 묵직함이 느껴지면서 신뢰가 간다.

21세기시조동인 14집

연못과 오리와 연꽃

초   판 1쇄 인쇄일 · 2023년 04월 18일
초   판 1쇄 발행일 · 2023년 04월 28일

지은이 ㅣ 이석구 외
펴낸이 ㅣ 노정자
펴낸곳 ㅣ 도서출판 고요아침
편   집 ㅣ 김남규

출판등록 ㅣ 2002년 8월 1일 제 1-3094호
주   소 ㅣ 03678 서울시 서대문구 증가로 29길 12-27, 102호
전   화 ㅣ 02-302-3194~5
팩   스 ㅣ 02-302-3198
E - m a i l ㅣ goyoachim@hanmail.net

ISBN 979-11-6724-128-3(03810)

*책 가격은 뒤표지에 표시되어 있습니다.
*지은이와 협의에 의해 인지는 생략합니다.
*잘못된 책은 교환해 드립니다.

ⓒ 21세기시조동인, 2023